Le plus joli des rêves

En souhaitant, chère Anne,
que ce plus joli des
rêves vous emporte....

Bien affectueusement,

Nathalie Brisac

Nathalie Brisac

Le plus joli des rêves

Illustrations de Rascal

Mouche
l'école des loisirs
11, rue de Sèvres, Paris 6e

Du même auteur à *l'école des loisirs*

Collection Mouche

Kakine Pouloute
Minusman
Minusman et les 100 papiers
Le grand voyage de Minusman
Minusm@n.net
Minusman et Croque-amour

Loi n° 49.956 du 16 juillet 1949 sur les publications destinées à la jeunesse : septembre 2013
Dépôt légal : septembre 2013
Imprimé en France par CPI Aubin Imprimeur à Ligugé

ISBN 978-2-211-21405-6

À Stéphane, en plein rêve.
Pour Jaïs, dans la vie.

Il était un temps où les hommes ne pensaient qu'à s'enrichir. En ce temps-là, dans un royaume pas bien loin d'ici, vivait un rêve qui ne voulait être rêvé par personne. On pouvait le traiter d'égoïste, d'insensible, de cœur sec, tel était son désir : demeurer un rêve inaccessible. Bien entendu, il aiguisait la curiosité et tous se demandaient ce qu'il pouvait bien cacher. Une chose était certaine, il était le plus beau des rêves dont on pût rêver et il attirait toutes les convoitises.

Le plus puissant des hommes de ce royaume, Mougueule était son nom, tentait vainement de l'attraper. S'il pouvait tout acheter et tout posséder, pourquoi diable ne pouvait-il pas remporter ce merveilleux rêve ? Mougueule était un homme affreux en tout point. Il portait un ventre gras et mou duquel dépassaient de courtes jambes. Son visage cerné de quelques cheveux noirs, montrait un nez comme une lame d'épée, avec deux yeux noirs de part et d'autre de cette fine arête. Sa bouche était immense, si grande qu'on aurait dit qu'il pouvait dévorer un porcelet entier. Ainsi craignait-on

Mougueule pour son appétit féroce, mais aussi pour ses colères retentissantes et son terrible pouvoir.

Ce jour-là, il exigea qu'on lui amenât un homme – et non une femme – servile, serviable et costaud pour capturer sa proie. Le grand Gaston se présenta à lui, fier d'être l'heureux élu. Pour l'occasion, il avait mis une cravate rose assortie à son teint, et un costume noir, toujours trop petit. Le grand Gaston avait grandi trop vite ; à 3 ans, il mesurait 1, 20 m et il dépassa la taille de sa mère à l'âge de 10 ans. Aujourd'hui, malgré ses 2 mètres de haut, il gardait un visage d'enfant avec des petites narines rondes, des bonnes joues, et un épi blond sur le haut de la tête. Un épi comme un petit poireau. Cela lui donnait un air gentil qui ne se rencontre que rarement parmi les hommes de cette taille. Après le salut militaire, le grand Gaston écouta les ordres du Maître mais ne comprit pas sa demande.

La mâchoire serrée, Mougueule répéta :

– Rapporte-moi ce rêve et je ferai de toi un homme respecté de tous, reconnu à sa juste valeur, un homme riche et important.

– Maître, je vous remercie mais votre mission est bien difficile. Si ce rêve souhaite demeurer loin de vous, comment voulez-vous qu'il vous obéisse ? demanda le grand Gaston.

– Dis-moi, l'homme maîtrise bien la torture, la ruse et la peur. Tu n'auras donc aucun mal à contraindre ce rêve de venir m'habiter, lui assura Mougueule.

Le grand Gaston tenta vainement d'aplatir son petit poireau avec sa main gauche puis répondit :

– Après réflexion, j'accepte votre épreuve, c'est une quête qui me plaît et je m'en vais capturer, par la force, ce nouvel adversaire.

Il tourna les talons et entendit Mougueule lancer :

– Mais ne l'oublie jamais, ce rêve sera pour moi !

Le grand Gaston partit de bon matin, le fusil à l'épaule et un poignard à la poche. Il fila vers la campagne, pensant que des terres vertes et fleuries pouvaient convenir à un joli rêve. Il traversa sans compter des bois, des plaines et des vallées, ne sachant trop où tourner ses pas. Il craignait toujours d'aller d'un côté pendant que le rêve se trouverait d'un autre. Il se reposait peu, marchait et cherchait, sans rencontrer rien qui ne fût digne d'intérêt. Mais d'ailleurs, à quoi pouvait bien ressembler un merveilleux rêve ? Comment le reconnaîtrait-il ? Le grand Gaston avait des projets pour réussir sa vie, mais de rêve, il n'en faisait plus depuis fort longtemps. Il se souvenait juste des douces images qui berçaient son sommeil lorsqu'il était petit et de l'odeur de sa maman quand elle lui glissait des baisers dans le cou. Cela lui manquait, mais à présent, il était un homme et ne voulait plus y penser. Il était devenu un employé exemplaire, obéissait au Maître, remplissait ses journées de rendez-vous, de tâches à effectuer, de missions accomplies. Il ne rêvait plus, il ne vivait plus vraiment non plus. Il faisait, il exécutait, il dormait, sans penser de trop. Cela n'avait pas toujours été ainsi ; quand il était petit, il aimait sucer son pouce et serrer son doudou tout contre ses narines.

Il pensa alors que des enfants pourraient l'aider à trouver ce rêve.

Il quitta la forêt et suivit un chemin qui le conduirait, espérait-il, vers une école. Lorsqu'il aperçut des enfants, il se cacha tout d'abord derrière un arbre, puis finit par aborder une petite fille qui marchait seule, l'air songeuse.

– Bonjour, n'aie pas peur de moi, je ne te veux aucun mal. Comment t'appelles-tu ? demanda-t-il le plus gentiment possible.

La petite fille aux boucles brunes et aux yeux d'argent, recula pour observer cette grande chose qui lui tendait la main, puis sans oser la lui serrer, elle répondit :

– Je m'appelle Rosalie. Et toi ?

– On m'appelle le grand Gaston. Je suis à la recherche d'un rêve, il me faudrait attraper le plus merveilleux d'entre eux. Tu pourrais m'aider ? demanda-t-il.

– Tu cherches un rêve ? s'étonna Rosalie aux yeux d'argent. Mais voyons, ça ne s'attrape pas !

– Je le sais, mais ça se partage. En aurais-tu vu un cette nuit ? poursuivit le grand Gaston.

– Oh, oui ! dit Rosalie, il était beau, je m'en souvenais ce matin mais je ne sais pas où il est parti. J'espère juste qu'il reviendra me voir ce soir.

– Il ressemblait à quoi ? questionna le grand Gaston.

– Je ne me rappelle plus, il était doux et gentil et coloré et rassurant, expliqua Rosalie, les yeux brillants. Mais, tu sais, je dois aller à l'école maintenant. Si tu trouves un marchand de rêves, reviens me voir, j'en offrirai un à mes parents, je crois qu'ils en manquent, comme toi.

Et Rosalie partit.

Un peu déçu, Gaston fit quelques pas puis s'adossa contre un grand chêne qui se trouvait là. Il eut envie de sucer à nouveau son pouce – personne ne le verrait – puis il regarda la campagne, les arbres, les prés verts du matin et Rosalie au loin devenir un tout petit point. Il se trouva bien, là dans la nature, le soleil chauffait maintenant. Il ferma les yeux, il sentait sa langue chaude frotter contre son pouce, ses paupières tomber, c'était bon de ne rien faire... Cela faisait si longtemps qu'il ne s'était pas laissé aller. Il entraperçut alors une sorte de boule floue blottie dans un petit nid entre deux branches de lilas.

Le rêve était là, tranquille, il se gorgeait des parfums des fleurs pour être encore plus beau. Beau, il l'était au point que le regarder était déjà une féerie. On eût dit une multitude de bulles de savon scintillantes, reflétant toutes les lumières du soleil, avec en leur cœur des étoiles d'eau multicolores qui dansaient tout doucement. Si l'on venait à le toucher, l'impression était celle de plumes, de plumes légères et moelleuses. Si l'on y approchait le

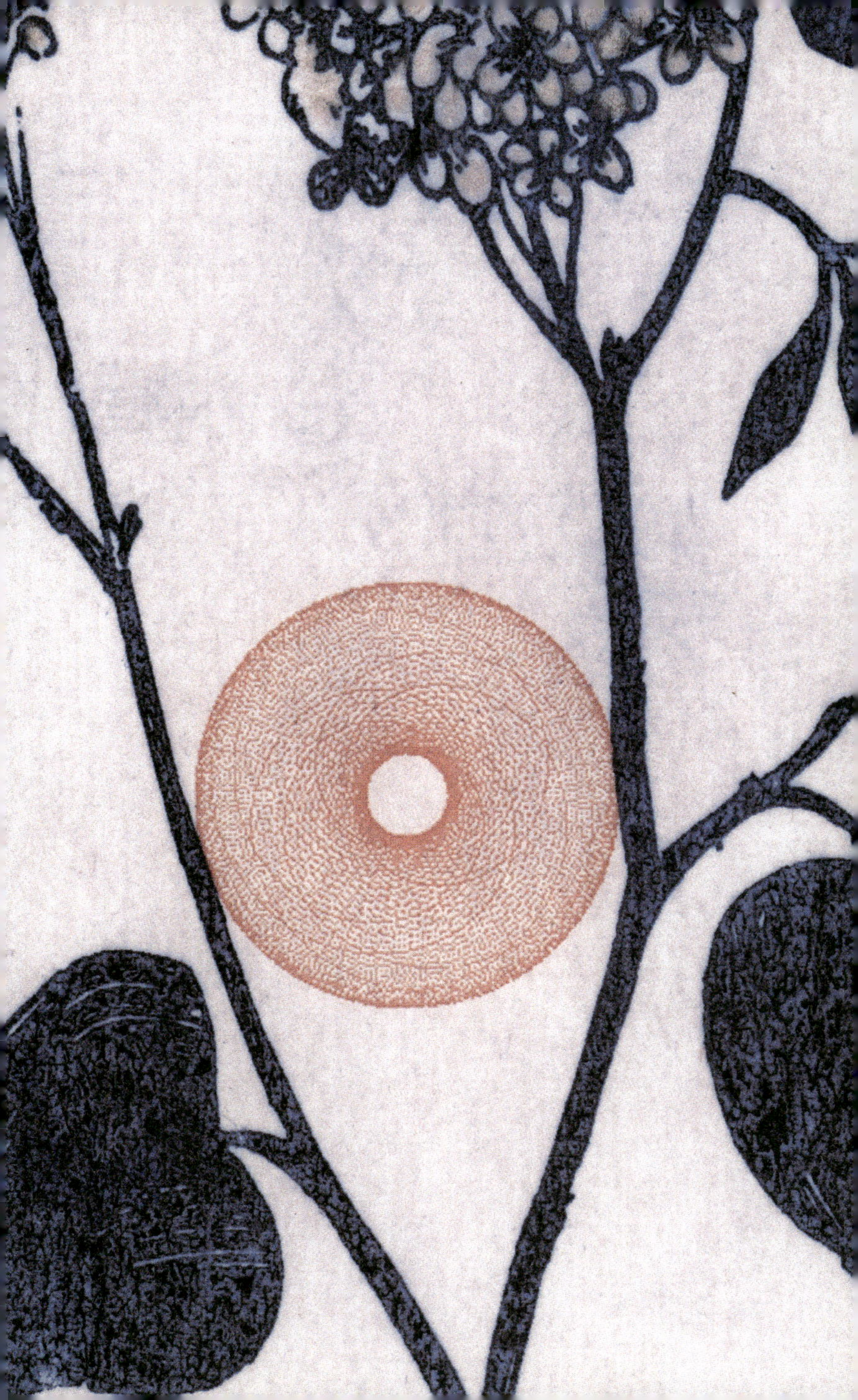

nez, l'odeur d'une serviette de bain toute propre dominait, mais aussi celle de la peau douce d'un bébé. Le grand Gaston fut subjugué et resta un long moment sans bouger. Puis, il ramassa son fusil, essuya son pouce et retrouva ses esprits d'homme fort. Il avait une mission à accomplir.

– Allez, debout là-dedans, cesse donc de dormir ! dit-il en secouant brutalement le rêve.

Le rêve bougea à peine puis dévisagea l'homme qui bombait le torse et lui parlait si mal.

– Du calme, monsieur, pas de brutalité, je vous prie. Puis-je d'abord savoir ce qui vous amène vers moi ?

Peu habitué à tant de politesse, le grand Gaston hésita à dévoiler son

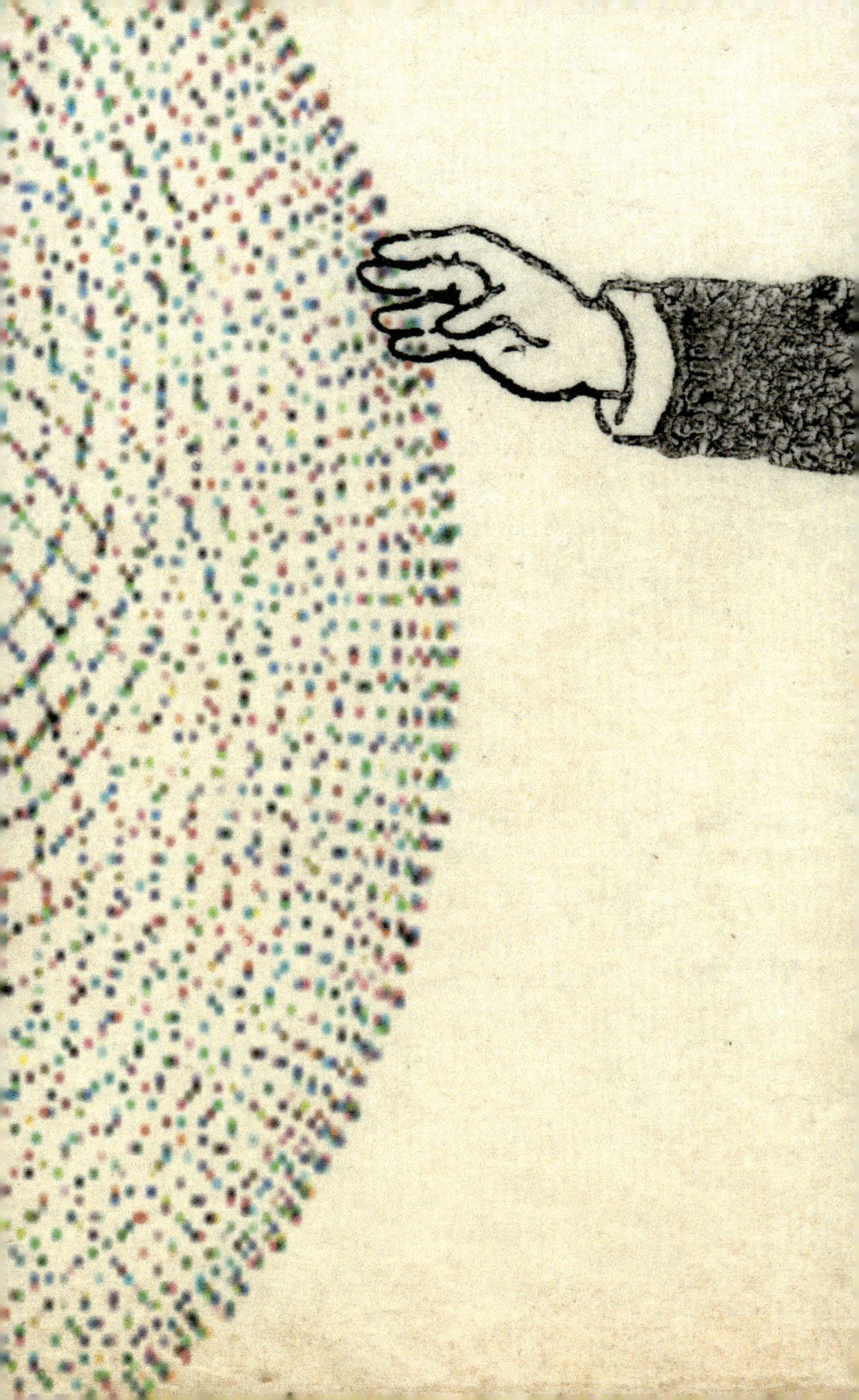

vilain projet puis il se reprit et dit sérieusement :

– Je viens te capturer.

– Me capturer ? demanda le rêve étonné. Mais d'où te vient cette idée ? Cela est impossible, je suis libre comme l'air !

Grand Gaston prit une triste mine et tenta d'apitoyer le rêve. Il insista tant que le rêve finit par s'énerver un peu :

– Tu voudrais que je rêve pour toi ? Mais à aucun moment, je ne suis venu sur Terre pour cela. Je suis le plus joli des rêves et je ne m'offrirai qu'au plus merveilleux des humains, ce qui n'est pas près d'arriver !

– Si, justement, je le connais, rétorqua grand Gaston sûr de lui, je m'en vais te le présenter, c'est mon chef, l'être le plus puissant du royaume. Ne bouge pas, je reviens !

Ce à quoi le rêve répondit :

– Je n'aime pas trop recevoir d'ordres d'un inconnu et je n'avais pas l'intention de bouger d'ici, j'y suis très bien ! Cela m'étonnerait que tu connaisses le plus merveilleux des humains. Enfin, si tu veux, amène-le ici et nous ferons connaissance après ma sieste.

Grand Gaston, très fier de lui, partit aussi vite que possible annoncer la bonne nouvelle à Mougueule. Le Maître, en pleine réunion, se laissa déranger, tant l'espoir de posséder enfin ce rêve l'excitait. Ils arrivèrent rapidement près de la branche de lilas mais durent attendre sagement jusqu'à ce que le rêve fût enfin disposé à leur parler :

– Alors comme cela, tu serais le plus merveilleux des humains, considéra le rêve en observant longuement le gros bonhomme. Visiblement, tu aimes la vie, enfin une certaine vie : manger n'est-ce-pas ?

Mougueule rentra son ventre gras, en souriant bêtement. Le rêve poursuivit :

– Ton désir de posséder est important, puisqu'on m'a dit que ton pouvoir s'étendait au-delà des montagnes.

Mougueule l'interrompit pour préciser :

– Oui, tu as raison, je suis l'homme le plus puissant du royaume.

– Vois-tu, reprit le rêve, je souhaite surtout aider ceux qui veulent embellir la vie, ceux qui pensent que l'impossible est parfois possible. Peut-être es-tu malgré tout un de ces êtres délicats, et qui sait, le plus merveilleux d'entre eux ? S'il en est ainsi, tu sauras répondre à mes trois devinettes. Pour la première d'entre elles, tu auras une nuit pour trouver la bonne réponse, pour la seconde une heure et pour la dernière une minute te suffira.

– Cela fait bien longtemps qu'on ne m'a pas parlé ainsi, répliqua Mougueule, en ajoutant d'un ton menaçant : tu vas vite t'apercevoir qu'il vaut mieux être à mes ordres !

Le grand Gaston hocha la tête, le poireau bougea avec. Cependant le rêve enchaîna tranquillement :

– Ce que je vous demande est bien peu de chose, mais vos réponses en diront long sur ce que vous avez dans le cerveau.

– Cessons ces beaux discours et commençons, dit Mougueule impatient.

Le rêve leur tendit alors une grosse coquille aux formes parfaites et demanda :

– Qu'y a-t-il dans cet œuf ?

Les deux hommes se regardèrent, persuadés que le rêve les prenait pour de sombres imbéciles. L'œuf était gros, avec de petites taches vertes, mais il ressemblait à un quelconque œuf, hormis sa coquille qui était brillante, épaisse et dure.

– Il y a du blanc et du jaune pour faire une omelette bien baveuse, saliva Mougueule.

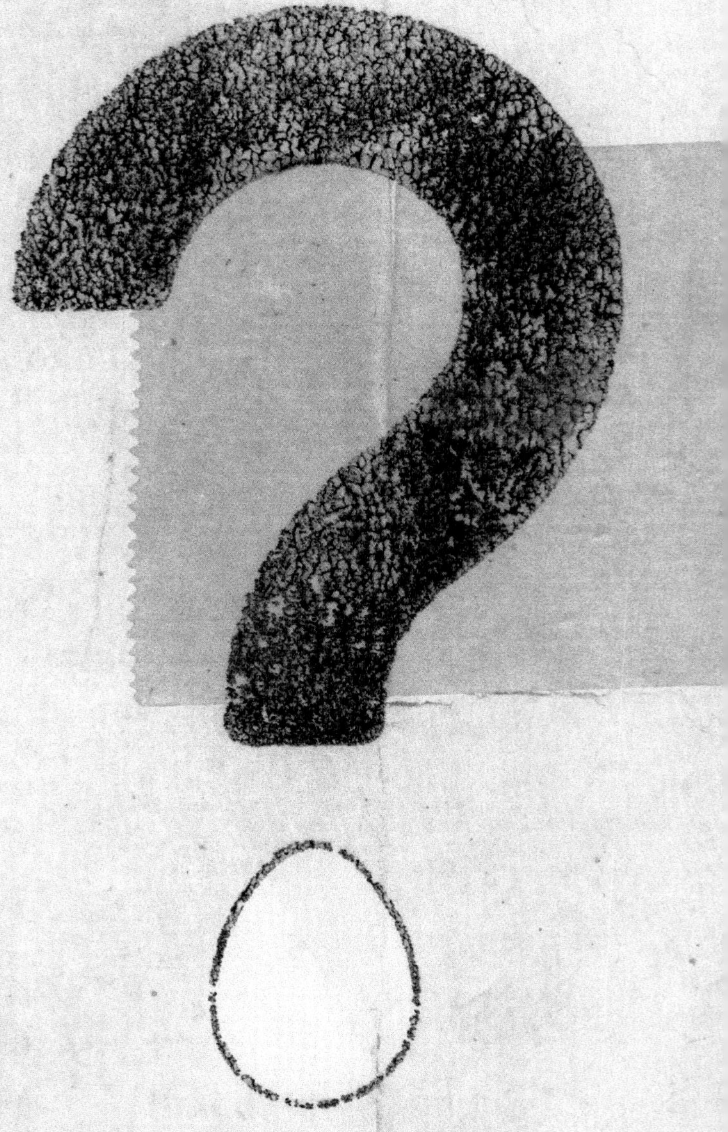

– Non, non, il y a un poussin dedans, répondit le grand Gaston.

Le rêve leva les yeux au ciel.

– Vous commencez mal, vous êtes loin de la bonne réponse. Mais je vous ai donné une nuit pour trou…

– Une nuit et puis quoi encore ? l'interrompit Mougueule.

– Ah, je sais, il y a du chocolat dedans ! proposa alors le grand Gaston.

Mougueule hurla contre le grand Gaston qui avait déjà du mal à se concentrer. Si ce n'était ni un poussin, ni un œuf de Pâques, l'œuf serait-il vide ? Ou fossilisé ? Peut-être même mort ? Grand Gaston tentait tout. Le rêve répondait à chaque fois :

– Non, non, ce n'est pas ça.

Mougueule traita Gaston d'incapable, de minable, de résidu, puis après une heure de vaines recherches, il le laissa là et ajouta :

– Tu as intérêt à trouver d'ici demain matin, sinon gare à toi !

Grand Gaston alla s'asseoir contre le grand chêne. Loin des regards du monde, il reprit son pouce et le suça tristement.

C'est ainsi que Rosalie le trouva ; elle sortait de l'école et rentrait chez elle.

– Que fais-tu là ? Tu cherches toujours ton rêve ?

– Non, je l'ai trouvé mais il me pose problème.

– Alors, ce n'est pas un rêve.

– Ce n'est pas lui qui m'ennuie,

c'est le Maître. Il va mettre ses menaces à exécution si je ne trouve pas la réponse de l'énigme, et je ne la connais pas. Que penses-tu qu'il puisse y avoir dans un œuf qui a des petites taches vertes ?

– Oh, il y a peut-être un bébé crocodile ! dit Rosalie aux yeux d'argent.

– Un cro-co-di-le, répéta le grand Gaston ébahi.

– Ben oui, ils naissent aussi dans les œufs, et il y a aussi les…

Grand Gaston n'écouta pas la suite, il courut donner sa réponse au rêve, mais celui-ci dormait déjà. Revenu près de Rosalie, grand Gaston la félicita de son savoir et la fillette lui dit :

– Je te raconterais volontiers comment naissent les crocodiles, mais je dois rentrer maintenant. Mes parents m'attendent à la maison, à demain peut-être !

Rosalie partie, grand Gaston s'installa contre un petit mur, imagina un crocodile coincé dans un œuf, recroquevilla son trop grand corps pour trouver un peu de chaleur et s'endormit en suçant son pouce. C'est ainsi que la nuit se passa.

Le réveil fut brutal. Mougueule était de retour, le cauchemar de la vie avec. Le grand Gaston s'empressa de donner sa réponse au rêve. C'était bien la bonne.

– Un crocodile ? Et pourquoi pas un éléphant ? grogna Mougueule, et en s'adressant au rêve, il s'écria : ne me prends pas pour un ignorant ! Un crocodile dans un œuf, voyons, ce n'est pas sérieux.

– Pourtant la nature est ainsi faite, dit le rêve. Passons maintenant à la deuxième épreuve. Dites-moi ce que deviendra cette graine.

Le rêve leur tendit alors un petit germe. Mougueule resta d'abord muet tant la question lui parut stupide. La graine était de couleur claire semblable à une quelconque graine, avec un imperceptible petit germe vert brillant qui se tendait en son extrémité.

– Tu te crois malin ! C'est du grain pour engraisser les poules et les manger bien grasses. Question suivante !

– Tu viens de commettre une nouvelle erreur, cette petite graine mérite un autre sort. Toi le grand, qu'en dis-tu ?

Grand Gaston demanda à toucher la graine, eut envie de la mettre sous la dent, cela l'aiderait, mais le rêve refusa et Mougueule s'agaça en hurlant :

– Un autre que moi t'aurait déjà arraché les oreilles tant ta bêtise est grande ! Tu es aussi ignare qu'un âne !

Grand Gaston, perturbé par les menaces de son Maître tentait, vaille que vaille, de réfléchir. Une graine ? Elle grandira, elle deviendra peut-être une fleur, une plante ?

Le rêve repoussa ses propositions :

– Non, non, ce n'est pas la juste réponse. Plus que deux minutes.

– T'arracher les yeux, te vider la cervelle serait ce que tu mérites, fulmina Mougueule contre le grand

Gaston, et sans aucune pitié pour son serviteur en larmes, il poursuivit : tes pleurs me divertissent car je ne vais pas les entendre longtemps. Tu seras haché comme de la vulgaire chair à saucisse… très prochainement !

Et dans un éclat de rire, il ouvrit tant sa bouche qu'on put voir le fond de sa gorge immonde et imaginer Gaston y finir broyé.

Livide, grand Gaston marcha vers son arbre. Pour satisfaire son chef, il risquait maintenant la mort, et une des pires qui soit : écrasé, mastiqué, coupé menu et digéré par le Maître. Sa vie durant, il avait été au service d'ignobles puissants, incapable de se rebeller, de penser à son propre bonheur. Il sentit une douleur violente au plus profond de lui et n'ayant plus aucune force, tomba de tout son long.

– Oh, là, là ! Ça n'a pas l'air d'aller, lui dit une petite voix.

Grand Gaston ouvrit un peu les yeux, vit la petite fille et murmura :

– Durant ma vie entière, je me suis trompé. Je suis la cause de mon malheur, obéissant à un monde d'idiots et de cruels. J'aurais dû garder mes rêves d'enfant.

Des larmes coulaient sur les joues du grand Gaston. Rosalie se rapprocha, sécha les pleurs de l'homme à terre, et écouta sa peine :

– Je n'ai rien fait de ma vie, rien osé, rien changé… Je suis un petit zéro, un nul, un minable, un ignorant

et je ne sais même pas ce que peut devenir une toute petite graine.

– Mais non, tu n'es pas tout ça ! lui dit Rosalie. Et une graine peut aussi bien devenir un petit brin d'herbe qu'un magnifique pommier avec plein de belles pommes à croquer. C'est à toi de voir grand, de devenir ce qu'il te plaît, tu le pourras toujours.

Le grand Gaston se redressa un peu et, sans quitter les yeux d'argent de Rosalie, il répéta lentement :

– Je le pourrais toujours.

Alors il se leva et partit vers le rêve, lui parler d'un joli pommier plein de pommes qui germerait de la graine. Ce fut la deuxième bonne réponse.

– Voici donc la dernière énigme à résoudre en une minute, dit le rêve. Vous êtes prêts ? À quoi sert un cœur ?

Mougueule prit la parole.

– Je vais répondre à la place de l'abruti qui m'accompagne et de cette petite qu'il s'est mis entre les pattes. Un cœur de bœuf, veux-tu sans doute dire? Ben, ça se mange avec des petits oignons !

– Troisième et dernière mauvaise réponse, dit le rêve. Tes manières sont déplorables. Il n'y a aucune grâce à attendre de toi. Tu ne mérites rien, ni le moindre petit songe, ni une seule petite rêverie. Reste enfermé dans ton monde de certitudes et de bassesses, mène tes sombres batailles mais ne pense jamais que ta vie sera faite de rêves, tu es trop bête pour cela.

Mougueule ne put rien dire, rien faire, rien détruire : tuer un rêve, cela n'a jamais été possible, en acheter un non plus. Il piqua juste une énorme colère qui lui fut fatale et il mourut sur le coup.

– Une vie sans rêve rend très malheureux, même quand on est le Maître, conclut le rêve.

Le grand Gaston poursuivit :

– Un cœur, je crois que ça sert à vivre. Dorénavant, c'est ce que je vais faire : vivre, profiter et... même rêver.

– Rêver, oui mon beau Gaston, c'est certain, tu feras à nouveau de très beaux rêves, lui assura le rêve.

Rosalie ajouta d'une petite voix :

– Grand Gaston, tu es un homme merveilleux et grâce à toi, je sais maintenant qu'un cœur, cela sert à aimer.

Alors le rêve prit doucement l'enfant tout contre lui, la berça, lui fredonna des mots doux à l'oreille et, à peine Rosalie eut-elle fermé ses yeux qu'elle sut qu'il était le plus joli des rêves.